한시로 탄생한
소소한 일상
그 즐거움

청파 시서화집, 두 번째

한시로 탄생한
소소한 일상
그 즐거움

하복자

㈜이화문화출판사

소요와 은일의 삶, 시가 되다

청파 선생의 시를 읽으며 나는 두 가지 단어가 떠올랐다. 하나는 격물치지格物致知이고, 하나는 물아일체物我一體이다.

옛 사람들은 격물치지의 한 방법으로 날마다 만 그루의 나무를 셌다고 한다. 날마다 만 그루의 나무를 센다는 것은 만 그루 나무의 생장을 관찰하는 일로, 그 반복적인 행위를 통해 사물의 이치를 깨달았던 것이다.

물아일체는 거기에서 온다. 모든 사물의 이치는 궁극에 통하는 것이다. 격물치지가 이루어지면 자연스레 피아彼我가 다르지 않다는 것을 알게 되고, 저절로 물아일체가 이루어지지 않겠는가.

선생의 시에서 그 밝고 높은 눈을 발견한다. 작은 사물에서, 사소한 풍경에서, 흔하디흔한 일상에서도 선생은 '시'를 발견해 내고 그에 맞는 '시어詩語'를 찾아낸다.

따라서 선생의 시는 우리의 생활과 함께한다. 머나먼 별에 지극히 홀로 외로이 있는 것이 '시'가 아니라 지금 내 곁에도 '시'가 있음을 깨닫게 해주는 것이다.

일상은 마냥 아름답지도 즐겁지도 않다. 오히려 고단하고 고통스러울 때가 많다. 그 속에도 숨겨진 아름다움이 있다는 것을 선생은 시를 통해 말해 준다. 그리고 깨달음 속에서 소요하고 은일하는 즐거움을 찾는다. 선생의 시를 읽으면 금방 그림이 그려진다. 그러고는 나도 모르게 그 풍경 속으로 들어가 선생의 소요와 은일을 함께 누린다.

흔히 한시漢詩는 옛날 것, 낡은 것으로 생각한다. 그래서 박제된 문학으로 여기는 경우도 있다. 문학을 공부한 나 또한 그렇게 생각하기도 했다. 하지만 선생의 시를 읽으면 그것이 무지에서 오는 편견이라는 사실을 알게 된다. 오히려 선생의 시에서 한시의 현재성과 현대성을 읽는다. 삶의 본질을 꿰뚫는, 핵심에 닿아 있는 글은 언제나 '현재'이기 때문이다. 그 형식이 무엇이든.

동화작가 김진

두 번째 시집을 펴냄에

詩集上梓貳集

靑坡河福子	畫伯又書家
詩集今刊再	古稀已未遐
專攻勞美術	篤習熟詞華
三絶世稱孰	不明燈下葩

청파라 아호 쓰는 하복자 동학
화가이면서 또한 서예가라오
시집을 지금 두 번째 출간하는데
고희는 이미 머지않음일세
젊어 미술을 전공하였으나
한시를 독실히 익혔다오
삼절을 세상에서 누굴 칭하나
등 아래 밝지 않은 곳 꽃이라네.

癸卯臘初 晉州 蘇秉敦 構蟹
2023년 섣달 초하루 진주 소병돈 얽다

古硯遺香幽萬年
騷人墨客續佳緣
賢仁手澤猶新寶
四友文房逸品傳

壬寅初秋書
青坡先生古硯詩 石軒山人

오래된 벼루

古硯

古硯遺香幽萬年　옛 벼루 남은 향은 오랫동안 그윽하여
騷人墨客續佳緣　시인 묵객들 아름다운 인연 이어오네
賢仁手澤猶新寶　현인들의 손때 묻어 새것보다 보배로워
四友文房逸品傳　문방사우 중에서 일품으로 전해진다오.

壬寅初秋書 靑坡先生 古硯詩 石軒山人
2022년 초가을 청파 선생 시 고연을 쓰다. 석헌산인

일상에서 건져 올린 시편들

붓을 잡고 오랜 기간 활동을 하며 내가 지은 시로 작품을 하고 싶은 마음이 늘 간절했다.

어느 더운 여름날 소병돈 선생님을 현암서당에서 처음 뵈었고, 할 수 있다는 격려의 말씀이 계기가 되어 한시 공부는 그렇게 시작되었다.

일상 속에 자연을 대하면서 마음의 울림을 들으려고 노력하니, 사물을 새롭게 바라보는 이상한 힘도 생기고, 때론 아름다운 그림이 그려지기도 했다.

시를 읽고 함께 나누는 대화 시간도 즐거웠고, 시제를 통해 갇혀 있던 생각들을 꺼내며 더 좋은 시어를 고민하는 시간도 행복했다.

그동안의 원고가 쌓여 감에 따라 2022년 첫 번째 시집 『시 속에 그림 있고 그림 속에 시 있네』에 이어 『한시로 탄생한 소소한 일상, 그 즐거움』을 출간하고자 한다.

틈틈이 준비한 자료를 모와 시서화집을 구성했으며 작시한 순서대로 편집하였다.

부족하나마 용기 내어 발표할 수 있게 된 것은, 많은 관심과 공감으로 격려해 주신 현암 선생님과, 그동안 창작 활동을 할 수 있게 물심양면 힘을 실어 준 가족의 영향이 컸다. 묵묵히 지켜보며 응원해 주신 모든 분들께도 이 자리를 빌려 감사한 마음을 전한다.

2024년 4월 햇살이 따스한 봄날 예림헌에서

하복자

|차례|

1부 소요逍遙

2부 은일隱逸

1부
소요逍遙

새해를 축하함

賀正

一年新計始於春　鴻運相凝帶四隣
祖德獻茶誰歲拜　禧禧遵禮子孫淳

한 해의 계획은 비로소 봄에 시작되니
좋은 기운 서로 엉겨 사방을 두르네
조상의 덕 다례 행하며 누가 절 하는가
예를 좇는 자손들의 복을 기원한다오.

2013. 1

곡우에 풍년을 기원하며

穀雨祈豐

蘇生萬物雨過時　岸上草萌臨滿池
寒盡勤農忙曠野　鄕村活氣企豊期

때맞춰 비 내리니 만물이 소생하여
언덕 위 풀 싹트고 연못 물 가득하다
추위 다하니 농부들 들에서 바쁘고
활기찬 시골 마을 풍년을 도모하네.

2013. 4

예쁜 버들눈

嫩柳

細雨生芽綠水潯　岸邊嫩柳度春陰
亂聲鳥語韶光益　詩客新粧聽妙音

가는 비에 새싹 트니 물빛이 푸르러
언덕의 어린 버들 봄인가 헤아리네
재잘대는 새소리에 따스함이 더하여
시인은 단장하는 봄 소리를 듣는다오.
2014. 3

봄날

春日

蝸屋滿香煎茗爐　與朋談笑在眞儒
四隣芳草翠微繡　春氣煙波遊上湖

누추한 집 차 달이니 향기가 가득
벗과 담소하는 참된 선비 있다오
꽃다운 풀 온통 산중턱을 수놓으니
봄기운에 안개 낀 호수를 노닌다네.

2015. 3

보리 물결

麥浪

靑郊麥浪接斜陽　畦町隨風千里糧
夏穀於民貧困免　鄕愁昔日合歡床

푸른 들 보리 물결 석양을 접하니
밭두둑 바람 따라 천리가 곡식이네
여름철 식량으로 백성 빈곤 면하던
지난날의 향수와 기쁨이 합쳐지네.

2015. 5

여름날 양평에서

訪夏日楊平

楊平洗美藕香滿　　雲吉水鐘山氣澄
別景前觀炎暑減　　遠望兩水爽涼增

양평 세미원엔 연꽃 향기 가득하고
운길산 수종사엔 산기운도 맑다네
아름다운 경치에 찌는 더위 잊으며
두물머리 바라보니 상쾌함 더한다오.

2015. 7

눈 온 산을 바라보며

望雪峯

寂寞寒天紛雪鄕　奇峯銀飾秀新粧
攤書莞爾讀消忿　對坐捲簾詩想藏

적막한 하늘에 어지럽게 눈 날리니
은빛 산봉우리 새 단장 자랑하네
빙그레 책 펼치나 읽을 마음은 없고
주렴 걷고 마주 앉아 시상을 품는다.

2015. 12

짧은 봄밤은 천금의 가치

春宵一刻値千金

韶光一刻吉家家　　不寐四隣香百花
今値千金消隙駟　　此宵詩作有誰遮

짧은 순간 봄빛은 집집마다 좋은 기운
온통 꽃향기에 사람들은 잠 못 드네
천금의 가치가 말달리듯 사라지니
이 밤 시 읊음을 누가 막을 수 있으랴.

2016. 4

초겨울 밤 객과 함께

初冬午夜與客話

寒天月色忽臨窓　　陋室孤燈影作雙
瑟瑟雪風凝燥樹　　凄凄玉露帶深江
閑談隱士無心世　　醉興騷人不足缸
失寐通宵懷抱敍　　砧聲何處響胸腔

겨울 하늘 달빛이 홀연 창에 임하니
누추한 집 외론 등불 그림자 둘이어라
쓸쓸한 눈바람은 마른 나무에 엉겨 붙고
차디찬 옥 이슬은 깊은 강을 둘렀도다
환담하는 선비는 세상일에 무심하고
흥에 취한 시인은 항아리 술 부족하다오
밤새워 잠 못 들고 회포를 펼치노라니
어디선가 다듬이 소리 흉금을 울린다네.

2016. 11

눈이 많이 오는데…

大雪有感

殘燭寒風寂半宵　　乾坤不息雪飄飄
萬愁俗世玉塵蓋　　白屋山間憂老樵

찬바람에 희미한 불빛 적막한 밤에
사방 천지에 쉼 없이 눈이 날리네
속세의 온갖 근심 옥빛으로 덮어 주나
산골의 초라한 집 나무꾼은 근심 가득.

2016. 12

봄놀이

春遊

欲看勝景獨開門　物像韶光到處恩
綠草紅花相映路　翠嵐淡靄自凝村
情舒墨客皆成畵　感動騷人總困論
泉石逍遙歸帶月　儒來春興得淸魂

좋은 경치 보려고 홀로 문밖 나서니
사물은 봄빛으로 도처에 은혜롭다
푸른 풀 붉은 꽃은 서로 길을 비추고
푸른 안개 아지랑인 마을에 엉겼네
묵객은 정을 담아 모두 그림 이루는데
시인은 감흥을 글로 논하기 어렵다오
자연을 소요하다 달 두르고 돌아오니
선비는 흥에 취해 맑은 혼을 얻는다네.

2017. 4

음력 사월

仲呂

溪谷落花魚水狎　　新苗艶艶帶前坡
携節徑野開圖畵　　踏砌登樓暢綺羅
古宅遺踪憐念察　　伽藍聽磬患心蘘
俗忘與友當時嗜　　初夏風光樂不何

계곡물에 떨어진 꽃 물고기와 친하고
새로 돋은 예쁜 싹은 언덕을 둘렀구나
지팡이 의지해 들 지나니 그림 열리고
계단 밟고 누대 오르니 비단이 펼쳐진 듯
오래된 집 남은 자취 그리움에 살펴보고
고적한 사찰 풍경소리 근심을 덮어 주네
속됨 잊고 벗과 함께 아름다움 탐하니
초여름 풍광이 어찌 즐겁지 않겠는가?

2017. 5

단오

重五吟

一年佳節到端陽　　多樣良風禱吉祥
艾掛洗菖娛扇動　　傳承體驗憶家鄉

아름다운 절기 단오가 되면
다양한 풍속으로 행복을 빌어 본다
쑥 창포로 액막이와 단오부채 즐겁고
전승 문화 체험하니 옛 추억이 그립다네.
2017. 6

윤오월

閏五月

靑天山頂夏雲流　曉雨濃陰爽氣收
閏月剩餘無害說　後孫宗事億亡休

푸른 하늘 산꼭대기 뭉개구름 흐르고
새벽 비에 짙은 그늘 상쾌함을 거두네
윤월은 남은 달이라 해로움 없다 하여
후손들 종가 일에 쉴 틈 없이 바쁘다오.

2017. 6

장마

霖

炎陽旱魃到烏雲　　大地均霑野叟欣
甚處長霖多被害　　水簾涼氣豈良云

뜨거운 볕 가뭄에 검은 구름 이르러
대지를 고루 적시니 들 노인 기뻐하네
긴 장마 심한 곳엔 피해도 많다는데
물줄기의 시원함을 좋다고만 할 것인가.

2017. 7

박애정신을 원함

願博愛精神

本時博愛性云仁　物象無求心受人
謙讓奉公欽社會　儉勤低己敬鄉隣
溫容積善殃應遠　端行施慈福自親
貴賤莫論從道義　同怡同苦守天眞

박애란 본시 어진 성품을 말하니
사물서 구하지 않고 마음으로 전수받네
겸양으로 공을 받드니 사회서 흠모하고
근검으로 자신 낮추니 이웃이 공경하리
따뜻한 마음 선 쌓으니 재앙은 멀어지고
바르게 사랑 베푸니 복은 절로 가까워라
빈부귀천 막론하고 의로움을 쫓아서
기쁨 슬픔 함께하며 진실함을 지킨다오.
2017. 8

상쾌한 새벽

曉爽

雨聲深夜引輕衾　曉色晴天妙峻岑
暴暑後凉加爽快　微風梧葉聽秋音

깊은 밤 빗소리에 얇은 이불 당기고
새벽빛에 갠 하늘 산봉우리 훌륭하네
폭염 후의 서늘함이라 상쾌함 더하니
미풍에 오동잎서 가을 소리 듣는다오.

2017. 8

풍년을 기원함

穀肥果熟

廣野夕陽禾黍朱　　大豊祈願共傾壺
野翁果穀待收穫　　籬菊月光酬酌扶

넓은 들 석양에 곡식이 익어 가니
풍년을 기원하며 함께 술병 기울이네
농부는 과일 곡식 수확을 기다리는데
달빛에 울타리 국화 수작을 부추긴다.

2017. 9

눈이 오려나

雪意

雲低暗暗欲天雪　夜靜窮廬朔氣通
爐側依窓聊望士　誰知黑帝彼胸中

구름 낮아 어둑하니 눈 올 것 같은데
조용한 밤 낡은 집엔 찬 기운만 통하네
화롯가 창에 기대 우두커니 보는 선비
겨울신의 마음을 누가 알 수 있으리오

2017. 11

벗에게

寄朋

童心待月喜閒儒　　夢裏遇朋遊世途
竹馬深情尤不忘　　親燈鶴髮視眞圖

동심에 달 기다리며 기뻐하던 선비는
꿈에서 벗을 만나 세상길을 노니네
어린 시절 깊은 정을 더욱 잊지 못하여
백발로 등불 가까이 사진만 쳐다본다오.

2017. 11

술을 대하며

對酒

浮雲世事無榮志　蝸角功名豈屈身
隨好隨嫌憐艾首　忘機觴詠樂騷人

뜬구름 같은 세상 부귀영화 뜻 없으니
하찮은 명예에 어찌 몸을 굽힐소냐
좋든 싫든 어느덧 반백머리 가련하여
술 마시며 시 읊는 것 소인 즐거움이라오.

2018. 2

제주의 봄

漢拏新春

駘蕩春風探海島　　天晴霧散峻峰新
深溪嵐氣滿神秘　　瀑布雷聲忘俗塵
菜玩芳花娘益秀　　柑懷果實叟知淳
漢拏絕景騷人歎　　雅會吟觴盍好隣

따스한 어느 봄날 제주도를 방문하니
안개 걷힌 맑은 하늘 산봉우리 새롭다오
깊은 계곡 푸른 기운 신비감 가득하고
폭포의 큰 물소리 속된 세상 잊게 하여라
유채 꽃밭 아가씨 아름다움 돋보이고
귤 생각하는 노인의 순박함 알겠네
한라산의 뛰어난 경치 소인들 감탄하며
함께 모여 짓고 읊으니 어찌 좋지 않겠나.

2018. 3

한강

漢水

滔滔漢水渡蒸民　　物色韶光增日新
木覓夕霞成隱秘　　廣津曉月盡天眞
京城定鼎幾經歲　　景福丕基應淨塵
槿域中流稱乳線　　興亡靑史視收伸

도도한 한강을 백성들이 건너나니
물색은 봄빛에 날로 새로움 더한다오
목멱산 저녁노을은 신비로움 이루고
광나루 새벽달은 자연 그대로 참되다네
경성에 자리 잡아 지난 세월 얼마인가
경복을 크게 일구니 응당 속세가 맑도다
근역 가운데를 흘러 젖줄이라 일컬으며
흥망의 역사 거둬지고 펼쳐짐 보았다네.

2018. 5

비

雨師

甘霖溪谷激清音　　旱魃凋萎田畓沈
治水蓑翁忙晝夜　　潤光四野歲豊斟

단비에 계곡에선 맑은 소리 부딪치고
가뭄에 시들었던 논밭은 물에 잠겼네
도롱이 입은 노인 물 다스림에 바쁘나
윤기 나는 들녘 보며 풍년 짐작한다오.
2018. 7

서늘한 기운

生凉

退暑生凉天氣淸　　蛩音草露報秋聲
挑燈對案讀書節　　靜夜憶鄕無限情

서늘바람에 더위 물러가 하늘은 맑고
풀속 이슬 벌레 소린 가을을 알리네
등불 밝힌 책상 앞 독서하는 계절에
고요한 밤 고향 생각 그리움만 끝없네.

2018. 8

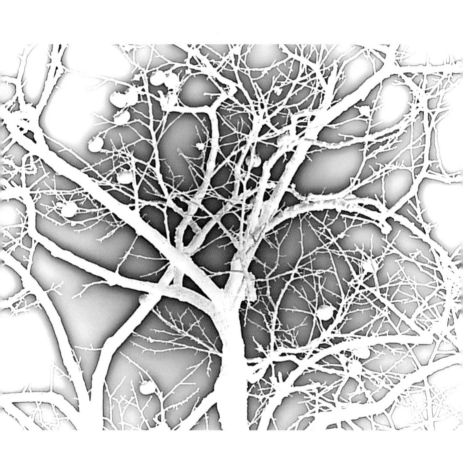

입동이 되면

立冬卽事

爭艶丹楓風雨飄　殘花砌菊耐寒宵
此辰沈荣越冬備　百穀收藏豊裕招

아름답던 단풍이 비바람에 흩날리고
섬돌 아래 시든 국화 추운 밤을 견디네
이때쯤 김치 담아 겨울나기 준비하며
백곡 거둬 저장하니 풍요를 부른다오.

2018. 11

소나무

雪松

紛紛初雪繡玄冬　落木寒天秀老松
仙景六花詩韻滿　騷人玩賞便携笻

어지러이 첫눈이 겨울을 수놓으니
쓸쓸하고 추운 계절 노송이 빼어나네
눈 꽃핀 선경에 시운이 가득하여
소인들 좋아하며 지팡이를 찾는다오.

2018. 11

지난해를 돌아보며

回顧戊戌

回顧送年凝萬情　心忙虛事一過程
琢磨惜寸愚爲覺　行步先心困易亨

지난해를 보내며 많은 생각 엉기네
공연히 헛된 일들로 마음만 바빴다오
시간을 아껴서 어리석음 깨치려 했으나
나아감에 마음 앞서 형통하기 어려웠네.

2019. 1

아지랑이

野馬

淑氣翠微嵐帶靑　萬波野馬舞空庭
醒眠嫩柳垂江岸　含笑芳梅飾里汀
出畔農夫耕播態　登樓騷客詠吟形
風光明媚此心動　與友淸遊情景停

봄날 맑은 기운 산등성은 푸르고
만 갈래 아지랑이 빈 뜰에서 춤추네
잠을 깬 예쁜 버들 강 언덕에 늘어지고
함박 웃는 매화는 마을 냇가 꾸몄다오
들에 나간 농부는 밭 갈며 씨 뿌리고
누대 오른 소객은 시를 지어 읊는구나
맑고 아름다운 경치에 마음이 움직이니
벗과 함께 노닐며 정겨운 곳에 머문다네.

2019. 3

남산에서의 모임

木覓雅會

芳春迎好節　木覓雅人同
楊柳嘉禽囀　池塘淡水充
徘徊靑眼客　吟詠白頭翁
學海眞儒會　風流韻致通

꽃 피는 봄 좋은 계절에
남산에 동호인들 함께했네
버들엔 예쁜 새가 지저귀고
연못엔 맑은 물이 가득하다
배회하는 푸른 눈의 손님과
읊조리는 흰머리의 노인이라
배움에 힘쓰는 선비들 모임으로
풍류와 운치가 서로 통한다오.

2019. 4

가을밤 혼자 앉아

秋夜獨坐吟

蟾光懷萬里　　淅瀝一場風
香菊凝籬裏　　叢蘆飾岸中
曉霜驚白鷺　　夜雨落丹楓
蟋蟀鳴何事　　思鄉睡不窮

달빛은 만 리를 품고
바람은 스산히 한바탕 이네
국화 향기 울타리에 엉기고
갈대숲은 강 언덕을 꾸몄어라
새벽 서리에 백로는 놀라고
밤비에 단풍잎 떨어지는데
귀뚜라미는 무슨 일로 우는가
고향 생각에 잠 이루지 못하네.

2019. 11

이른 더위

무暑

祝融早到熱尤蒸　　松浪濃陰訪近陵
山野靑光今勝海　　溪聲響際爽凉增

때 이른 여름 더위 열기가 심하니
솔바람 짙은 그늘 가까운 언덕 찾았네
산과 들 푸른 빛은 바다를 능가하고
산속의 물소리는 상쾌함을 더해 준다.

2020. 6

산포에서의 낚시

山浦釣魚

雲間日脚水禽飛　　山浦窺魚元潤肥
滿帆颺旗閒暇渡　　疎霞吹笛忘機磯
中宵漁火壯吟醉　　大海濤聲邪樂稀
隱士垂綸煙月釣　　嚴翁高德臆懷歸

구름 사이 아침 햇살에 갈매기 날고
산포 물고기 살찌고 윤택함이 으뜸이네
가득 실은 배 깃발 날리며 한가히 지나고
성근 노을 기적 소리 속세 잊은 낚시터라
야간 고기잡이 배 불빛 장관에 취해 읊고
넓은 바다 파도 소리 사념 드무니 즐겁구나
은둔 선비 낚싯줄 드리워 세월을 낚고는
엄자릉의 고결한 덕 가슴에 품고 돌아온다.

2020. 8

추성부를 읽고

讀秋聲賦有感

秋聲淅瀝草堂侵　　皎潔蟾光照舊林
景物推移關世事　　孰聞歎息醉翁音

쓸쓸한 가을 소리 초당에 찾아들고
밝고 깨끗한 달빛은 옛 숲을 비추네
변화하는 자연에 세상일 연관하여
탄식하는 구양수의 소리를 들었다오.

2020. 11

빠른 세월을 탄식함

嘆駒隙

因疫難中庚子深　　白駒過隙似長霖
早朝忽見飄疎雪　　暮夜連聽叩急砧
送舊回思慙惰活　　迎新構想願怡音
蹉跎歲月無情去　　世事幽懷酒把斟

전염병 어려움 속에 경자년이 깊어지니
말달리듯 빠른 세월 긴 장마 같았네
이른 아침 홀연 성글게 날리는 눈을 보고
저문 밤 연이어 급한 다듬이 소리 듣는다
지난날 생각하니 게으름이 부끄럽고
새해를 구상함엔 기쁜 소식 바란다네
머뭇거림에 세월은 정 없이 지나가니
세상일 회포를 술잔 잡고 헤아린다오.

2020. 12

옮겨 심은 모를 살피다

翁察移秧

移秧今察出初陽　千里平郊一色蒼
灌水村翁衣汗濕　農歌分饁野肥鄕

옮겨 심은 모 살피러 이른 아침 나서니
사방의 넓은 들 푸르름 일색이라
물 대는 어르신 옷은 땀에 흠뻑 젖고
새참 나누며 부르는 노래 들녘이 살진다

2021. 6

갈대

吟蘆

夕照霜楓倒鏡湖　蘆花翻雪舞孤隅
閒遊賞客秋光嗜　頡雁江邊一幅圖

석양에 단풍은 맑은 호수에 비치고
갈대꽃 눈처럼 외론 모퉁이서 춤추네
한가한 나그네 가을빛을 즐기는데
강변에 기러기 나니 한 폭의 그림이라오.

2021. 10

눈경치

雪景

曉來玉屑縹吾堂　　上帝神工爭潔望
萬樹花開祥瑞滿　　澄淸四海俗塵藏

새벽부터 하얀 눈이 집 앞에 휘날리며
하늘신의 묘한 조화 깨끗함을 다투네
나무에 눈꽃 피니 상서로움 가득하고
온 세상 깨끗하게 속세 티끌 감췄다오.

2022. 1

명선부를 읽고

讀鳴蟬賦有感

銀竹乍晴煙景臨　靜中求動見情今
引淸風以嘯長志　抱細柯而嘆久心
物感四時聲發巧　人文百世想傳深
鳴蟬永叔宇通察　樹下客聞高雅砧

소낙비 후 잠시 개인 그윽한 경치에서
고요 속 움직이는 자연의 정을 본다오
맑은 바람 들이켜 휘파람 길게 불고
가는 가지 끌어안고 탄식을 오래 한다
만물의 느낌은 사계절 교묘한 소리 내니
사람은 문장으로 오랜 세월 생각 전하네
구양수는 매미 울음으로 우주 통찰하고
객은 나무 아래서 청아한 소리를 듣는다.

2022. 9

화엄사 홍매

華嚴寺紅梅

南國花開朗報聲　與朋華寺訪懷情
紅梅秀偉枝枝蘂　一刻春宵秉燭迎

남녘에 꽃 폈다는 반가운 소식에
벗과 함께 뜻 품고 화엄사를 방문했네
홍매의 가지마다 예쁜 꽃망울 빼어나
봄밤의 짧은 시간 촛불 들고 맞는다오.

2023. 3

봄 흥취

春興

韶光淑氣潤芳林　滿地和風物色深
看悅百花伴舞蝶　聞愉萬樹弄鳴禽
雅儒秉燭探淸趣　賞客提壺遠俗心
秀麗日新吾興惹　敍情一軸盡詩吟

따스한 봄기운에 향기로운 숲 윤택하니
땅 가득 온화한 바람 물색이 깊어지네
꽃 주변 맴도는 춤추는 나비 보고
나무 사이 새소리 틈을 내어 듣는다오
선비는 촛불 잡고 맑은 뜻 탐색하고
구경꾼 술병 들고 속된 마음 멀리하네
강산은 날마다 새로워 나의 감흥 이끄니
한바닥 정을 풀어 시 읊기를 다한다오.

2023. 4

연초록

軟綠

庭前芳草曙風馥　春色樹林天地明
軟綠淸陰紅紫勝　披襟客醉爽凉平

꽃다운 풀들은 새벽바람에 향기롭고
봄빛에 나무숲이 천지를 밝게 하네
연초록 맑은 그늘 꽃보다 좋아하여
나그네 옷깃 헤치고 상쾌함에 취한다.

2023. 4

시골의 정겨운 경치

詠田園情景

雨過煙雲依岬棲　　曉頭寒曉察荒畦
柳塘靜水魚閒戱　　花塢斜陽鳥巧啼
多日耘苗蔬圃整　　十年種樹果園迷
汗顔酬酌願豊作　　情景鄕村儒筆題

비 지나니 구름은 산허리에 의지하고
새벽부터 농부는 거친 밭을 살핀다오
버들 못 잔잔하니 물고기 한가히 노닐고
꽃동산 석양빛에 새들 교묘히 우짖는다
여러 날 싹 돋우니 채소밭은 가지런하고
십수 년 나무 가꾸니 과수원 미로 같아라
땀 흘리고 술잔 나누며 풍작을 소망하는
시골의 정겨운 경치 선비가 읊어 본다네.

2023. 5

굴원을 애도하는 글을 읽고

弔屈原賦讀後有感

賈傁湘江弔屈原　　自藏濁世慰招魂
鳳翔千仞德輝下　　妥協政艱心志論

가의는 상강에서 굴원을 애도하며
혼탁한 세상 몸 숨긴 혼을 불러 위로했네
봉황은 높이 날다 덕이 빛난 곳 내리는데
타협 어려운 세상일 품은 뜻을 논했구려.

2023. 6

여름날

夏日

雨晴山野帶朝暉　　盛節驕陽百穀肥
忽起西風峰霧散　　旣昌午熱巷塵飛
樹陰洞谷聞禽數　　日照公園見客稀
成勢祝融天地振　　蓮開淸澤白雲歸

비 개인 산야에 아침 햇살 두르니
뜨거운 빛 왕성하여 백곡을 살지운다
홀연 서풍 일어 봉우리 안개 흩어지니
한낮 열기로 거리엔 더운 먼지 날리네
그늘진 골짜기선 새소리 자주 들리고
햇볕에 공원에는 구경꾼 보기 드물다오
여름신의 위세가 천지에 일어나는데
연꽃 핀 깊은 못엔 흰 구름만 흘러가네.

2023. 7

남산의 가을빛을 바라보며

望南山秋色

楓光木覓際秋深　觀衆爭先勝地尋
霜降千條望染畫　風搖萬樹聽淸琴
公園活氣鳥聲亂　泉閣斜陽花影侵
韻客忘歸驕色嗜　不堪逸興雅懷吟

단풍진 남산에 가을이 깊어 가니
구경꾼들 앞다투어 이곳을 찾는다네
서리 내린 천 가지의 물든 그림을 보고
바람이 흔드는 나무의 맑은 소리 듣는다
활기찬 공원에는 새소리가 가득하고
해 질 녘 천우각엔 꽃 그림자 스며든다오
시인은 돌아가길 잊고 고운 빛 즐기면서
흥겨움 견디지 못해 품은 뜻을 읊는다네.
2023. 11

섣달 초하루

臘初

於焉癸卯季冬頭　隙駟霜花老去愁
雪裏梅兄春信計　寓心風雅悅吾求

어언 계묘년 섣달에 접어드니
빠른 세월 흰머리 늙어 감이 근심이네
매화는 눈 속에서 봄 알림을 계획하고
풍아에 마음 맡겨 나는 기쁨 구한다.

2023. 12

2023년 끝자락에서…

癸卯歲暮有感

循環之理又黃昏　　多事下心應解煩
落木燥枝荒鳥遝　　寒天飛雪寂孤村
擦琴讀卷優須感　　留寺參禪不必言
鏡裏蒼顏痕歲月　　老年無頉謝傾樽

순환하는 이치에 또 해가 저물어 가네
마음 내려놓으니 근심 걱정 풀린다오
낙엽진 마른 가지 산속 길은 황량하고
추운 하늘 날리는 눈 외딴 마을 쓸쓸하다
해금 켜며 독서하니 생각은 여유롭고
산사 머물며 참선에는 말이 필요 없구나
거울 속의 쇠한 얼굴 세월의 흔적일 뿐
노년의 무탈한 삶 감사의 잔 기울인다네.

2023. 12

우연히 짓다

偶題

山險難登依杖笻　　四望心氣擬高峰
日昏逸興忘歸樂　　無盡風光秀麗容

지팡이에 의지해 험한 산 오르며
마음은 높은 산봉우리에 견준다오
해가 져도 귀가를 잊고 즐김은
끝없이 펼쳐진 아름다운 풍광 때문…

2012. 11

동지 액막이

冬至逐厄

日短天寒亞歲名　瓊花豆粥共隣情
不祥除去有風俗　送舊迎新禧願盟

짧은 햇살 추운 날씨 작은 설 동지에는
옹심 넣은 팥죽을 이웃과 함께 나눈다오
상서롭지 못한 것을 제거하는 풍습 있어
송구영신 하면서 복을 기원한다네.

2014. 12

난초

詠蘭

空谷佳人抱密香　風長細葉窈情藏
不求顯達耽幽隱　忽夢靈均戀別鄕

산골짜기 난초는 그윽한 향을 품고
흔들리는 가는 잎에 정을 감추네
현달을 구하지 않고 숨어 즐김은
굴원의 별향을 그리워하기 때문…

2013. 5

홀연히 봄바람 일어

忽起東風

忽起東風醒物靑　融池氷結潤前庭
田夫節序春耕備　騷客胸中自興形

홀연 봄바람에 사물이 깨어나고
연못 얼음 녹아 앞뜰이 윤택하다
농부들 절기 따라 밭갈이 준비에
시인의 마음은 절로 흥이 난다네.

2014. 2

잠에서 깨어남

驚蟄卽事

醒蟄冬眠四顧瞻　韶光融雪地均霑
殘寒未畢庭前留　畔畏靑蛙不出恬

겨울잠 깨어나 사방을 두루 보니
봄볕에 눈 녹아 땅이 고루 젖었네
남아 있던 추위가 뜰 앞에서 머뭇머뭇
개구리 두려워서 편히 나오지 못한다.

2014. 3

음력 칠월

梧秋

驟雨殘炎開快晴　　禽聲林樹覺身輕
野光均染物豊約　　韻士商風詩起情

남은 더위 소낙비에 상쾌함 열리니
숲속 새소리에 몸 가벼워짐 느끼네
들녘은 고루 물들어 풍요를 기약하고
선비는 가을바람에 시정이 일어난다.

2015. 8

중양절에

重陽有感

天光佳節五雲光　　籬下黃花吐自香
夕照依依憑短堵　　秋風颯颯過長塘
蟲鳴兩岸搖邊水　　月落三更夢故鄉
物色重陽收穫憁　　登高臨處勝花粧

하늘빛 오색구름 아름다운 계절에
울타리 누런 국화 절로 향기 토하네
뉘엿뉘엿 지는 해 낮은 담장에 기대고
솔솔 부는 가을바람 넓은 못을 스친다
양 언덕의 벌레 소리 물가를 흔들고
밤 깊어 달이 지니 고향을 꿈꾼다오
중양절의 물색은 추수 하느라 바쁜데
높은 곳에 올라 보니 꽃단장을 능가하네.

2015. 10

단풍

詠楓

寒風降曉霜　錦繡萬山粧
騷客詩料歎　情懷忘返鄕

찬바람 불고 새벽 서리 내리니
비단 수로 온 산 곱게 단장했네
시인들 단풍 보고 탄성을 지르며
시정을 품고서 돌아가길 잊누나.

2015. 10

단풍잎

구부러진 길 따라가나
빨강색 노랑색 빨강
무긴 터널 긴 터널 속에 들
간판이 책갈피에 끼워 두면
하나 주위에 책갈피 속에 풍잎
내 마음은 빨갛게 물이 든다면 잎빨

엄마가 먹다
수원천

딸 주현이 초등삼년때
백일장 장원시

단풍잎(이주현 詩) 2023년작

등불 앞의 시인

燈前騷客

松翠竹蕭孤守村　　正心伴筆不興煩
浮雲富貴非留意　　夜久燈親讀古論

대숲과 소나무는 외론 마을 지키고
마음 바르게 붓을 짝하니 번뇌도 없다
뜬구름 같은 부귀엔 뜻이 머물지 않아
등불 가까이 오래도록 옛글을 읽는다네

2015. 11

섣달 매화 봄을 머금고

臘梅含春

夜深雪裏臘梅庭　　浮動香魂萬物醒
皎潔氷姿橫月下　　待春玉蕾獨憐形

깊은 밤 눈 속 뜰의 섣달 매화는
꽃향기 움직여 만물을 깨우네
깨끗한 자태는 달 아래 비끼고
봄 기다리는 봉우린 사랑스럽다오.

2016. 1

墨梅 2011년작

봄이 시작됨

立春

韶光暗到角墻東　凍草庭前醒弱風
春帖揮毫祈萬福　相連吉慶願亨通

봄빛이 조용히 담 모퉁이에 이르니
뜰 안에 얼었던 풀 미풍에 깨어나네
춘첩을 써 붙이고 만복을 빌면서
길운이 서로 이어져 형통하길 빈다오.

2016. 2

남쪽 창 아래서

題南窓下

嶺壑春光祥散齊　雪消昨夜聽澄溪
寒梅待月幹梢夢　窓下客閒詩得題

산골짝 봄빛으로 상서로움 부여하니
지난밤 눈 녹은 물소리를 듣는다오
매화는 달 기다리며 가지 끝서 꿈꾸고
나그네는 창 아래서 시제를 얻는구려.

2016. 2

가설송동년장호를 읽고

讀稼說送同年張琥吟

古人務學用輕愁　自養平居物理謀
貧者畝稀收寸取　富家食足稼重休
土培植樹深根着　河湧源泉遠海流
助長揠苗爲避必　薄呈厚積秘身修

배움에 힘쓰고 가벼이 쓰임을 근심하며
평소 수양함에 사물의 이치를 모색했다
빈자는 밭이 적어 거두어 취함 조금이고
부자는 풍족해 경작에 휴식이 거듭되네
식수할 때 흙 돋움은 뿌리 깊이 내림이요
원천 물 용솟음침은 바다 가기 위함이라
싹을 뽑아 성장 돕는 것은 피해야 하니
두텁게 쌓아 엷게 드러냄이 숨은 뜻이네.

2016. 6

明心寶鑑句 2013년작

조석으로 따뜻하니

朝夕煖氣

日氣漸溫融凍潭　　荒凉鄉里帶輕嵐
時鳴百鳥傳春信　　雅士探梅自向南

따뜻해진 날씨에 얼었던 연못 물도 녹고
황량하던 시골마을 가벼운 안개 둘렀네
때맞춰 우는 새들 봄소식을 전하니
선비는 매화 찾아 절로 남쪽 향한다오.

2017. 2

비를 기다리며

待雨師

風炎龜裂望天怨　　旱魃長期涸碧江
日益農村加渴病　　雨師臨降損憂邦

더운 바람 갈라진 땅 하늘 원망스럽네
오랜 가뭄으로 푸르던 강물도 말랐다오
날마다 농촌에선 가뭄 병이 더해 가니
빗님이 내려와서 나라 근심 덜어 주길.

2017. 6

사받하품望에
발랑기소이이信이
기고하보서있있仰있다
을를宮게다慰는는을는뭄미
란일써慇하는勞곳곳그곳이움의
수치기리함여理받에에룻에있이道주
천스때고으주解기기希됨一는있具님저
書코문쪽로소하보罰望이致곳는로저
의입음써서며다을을있를에곳써를
기니으宮저사는가이는巍容에주당
도다로慇희랑慰저두곳惑慇사소신
문聖써받는받勞으움에이를랑시
프永으줌기하는에真있分을
生며으보고자빛理는裂
자로다理되을를곳
써는解게슬絶

기도문 2013년작

어디서 가을을 알 것인가

何處知秋

凉風朝夕覺秋梧　曉霧紅霞散畔湖
深處樹林蟲亂盡　草莖結露斐如珠

오동잎에 서늘바람 가을을 깨닫게 하고
새벽안개 붉은 노을 호숫가에 흩어지네
우거진 숲 깊은 곳엔 벌레 소리 어지럽고
풀줄기에 맺힌 이슬 진주같이 아름답다.

2017. 9

山中을 매양 보랴 東海로 가쟈스라 藍輿緩步하야 山映樓의 올나하니 玲瓏碧溪와 數聲啼鳥는 離別을 怨하는 듯 旌旗를 떨치니 五色이 넘노는 듯 鼓角을 섯부니 海雲이 다 것는 듯 鳴沙길 니근 말이 醉仙을 빗기 시러 바다흘 겻팅 두고 海棠花로 드러가니 白鷗야 나디 마라 네 벗인 줄 엇디 아는 金蘭窟 도라드러 叢石亭 올라하니 白玉樓 남은 기동 다만 네히 셔 잇고야 工倕의 셩녕인가 鬼斧로 다드만가 구태야 六面은 므어슬 象톳던고

松江先生의 關東別曲 中 秃岩 河福子 書

매서운 추위

黑帝猛威

風威滿四隣　瓊樹雪花辰
老叟爐邊坐　歲寒忘苦辛

바람의 위세가 사방에 가득하고
나무에는 하얀 눈꽃이 피는 때라
노인들은 화롯가에 둘러앉아서
세한의 매서운 추위를 잊는다오.

2017. 12

섣달 추위

詠臘寒有感

多難丁酉暮年時　凓冽風聲憐凍枝
雪作銀沙封邃壑　氷成玉鏡蓋淸池
臘殘蓂報葉枯脫　春信梅傳梢馥吹
辛苦花開消息待　酷寒威勢怨冬遲

다난했던 정유년이 저물어 가는 즈음
매서운 바람 소리 나뭇가지 가련하네
눈은 은모래 되어 깊은 골짜기 메우고
얼음은 달빛처럼 맑은 연못 덮었도다
섣달 쇠잔함은 명협 잎 떨어져 알리고
봄소식은 매화의 가지 끝에서 전하는데
추위 견디고 꽃 폈다는 소식 기다리나
혹한의 위세가 더디게 감을 원망한다오.

2017. 12

多難丁酉暮年時漂洌風聲憐凍枝
雪作銀沙封逕瑩冰成玉鏡蓋澄池
朧殘賞報藥枯脫素信梅傳梢馥喷
辛苦玄冬消息待醉夢威勢熙冬連

丁酉臘寒吟 盛 秀泉 河福子樽蟹遊書

臘寒有感(自吟) 2017년작

자신을 이기고 예로 돌아감

克己復禮

人心搖動察何時　復禮歸仁克己宜
交結有和稱好友　琢磨不倦得眞詩
孝誠敬愛成情至　德行謙恭盡惠施
四勿以途懷自警　修身養志本無期

흔들리는 사람 마음 어느 때나 살펴서
예를 좇아 인을 따르며 욕심을 극복하네
사귐에 뜻 맞으면 좋은 벗이라 칭하고
수행에 게으르지 않으면 참된 글 얻는다
효성은 사랑으로 지극해야 이뤄지고
덕행은 겸손으로 베풀길 다해야 하니
사물잠이 길 됨을 스스로 깨우쳐 품으며
몸을 닦고 뜻 기름엔 본래 기약 없다오

2018. 5

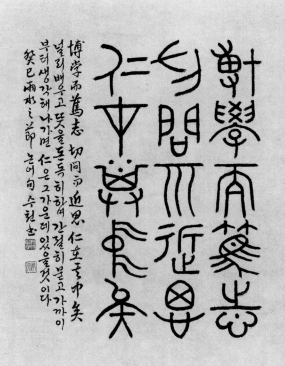

博學而篤志 切問而近思 仁在其中矣

널리 배우고 뜻을 돈독히 하며 간절히 묻고 가까이
두루 생각해 나가면 仁은 그 가운데 있을것이다

癸巳雨水之節 논어句 수원書

論語句 2013년작

그림 같은 강산

活畵江山

薔薇滿架誇濃艶　漢水連天悠遠帆
芳草池中粧翠島　淸烟松下帶蒼巖
爭鳴林鳥留遊步　自笑野花牽彩衫
如畵江山吟興惹　迂儒詩語錦囊緘

장미는 담장에서 아름다움 뽐내고
큰 강은 하늘에 닿아 돛단배 아득하다
꽃다운 풀 못 가운데 푸른 섬 장식하고
안개는 소나무 아래 바위를 둘렀다오
다투어 우는 새소리 걸음 머물게 하니
절로 웃는 들꽃은 옷깃 잡아 당긴다네
그림 같은 강산이 마음의 흥취 이끄니
순박한 선비는 시어를 금낭에 담는다.

2018. 6

여름휴가

詠夏季休暇

蒸炎市內跡人微　道路尋凉車列輝
松下曬風夫脫帽　溪邊濯足婦褰衣
煙霞陶醉感情粹　水石徜徉心氣肥
閒士林中詩想得　讀書避暑自無違

찌는 더위 시내엔 사람 자취 드물고
도로엔 서늘함 찾아 차량 행렬 빛나네
솔 아래 바람 쐬러 지아비는 모자 벗고
시냇가에 발 담그러 아낙은 옷 걷누나
구름 안개에 취하니 감정은 순수해지고
물과 돌에 노닐면서 기운을 살지운다오
한가한 선비들은 숲속에서 시상을 얻고
독서하며 더위 피하니 어긋남이 없도다
2018. 7

바람

吟風

鑠石蒸炎鬱市中　松濤幽谷爽微風
樹梢撼鳥淸凉合　荷葉旋蜻灑落同
騷客飛流琴韻醉　禪僧讀誦磬聲窮
無形無色浩然氣　造化不休天地融

돌을 녹이는 찌는 더위 도심은 답답한데
산골짜기 솔바람은 미풍에도 상쾌하구나
나뭇가지 새가 흔드니 청량감은 합해지고
연꽃에 잠자리 맴도니 산뜻함 함께 하여라
소객은 물 흐름에 거문고 소리 탐닉하고
스님들 경전 읊으니 풍경 소리가 궁하네
형태도 없고 색도 없는 넓고 큰 기운은
끊임없는 조화로써 천지에 융화된다오.

2018. 8

吟風(自吟) 2018년작

연을 읊다

詠蓮

古潭翠葉詫佳芳　含露紅葩艶旦陽
不蔓中通無俗氣　非枝外直有淸香
陶翁菊酒凡耽盡　周老荷情獨愛長
望遠亭亭君子態　騷人頻詠汝何忘

연못에 푸른 잎들 아름다움 자랑하고
이슬 머금은 붉은 꽃은 아침 볕에 곱구나
덩쿨도 없고 속도 비어 속됨이 없고
가지도 아닌데 겉이 곧으며 청향이 있다네
도연명은 국화 술을 무릇 즐기길 다하고
주돈이는 연꽃의 정을 홀로 늘 사랑했지
멀리서 봐도 우뚝한 군자 같은 모습을
소인들 자주 읊으니 어찌 너를 잊겠는가?

2019. 7

호에 대하여

號說

傳統儒家稱雅號　顧名所志槪居緣
建幢一定常懷肖　磨琢遵行自得禪

전통적으로 유가에서는 아호를 불렀나니
이름을 돌아보고 뜻과 거처한 바 인연했네
호를 지음엔 한번 정하여 닮기를 품으며
좇아 행하면 절로 깨달음 있으리라.

2019. 8

登鸛雀樓(王之渙 詩) 2008년작

가을을 맞이하여

迎秋吟

金風梧葉井邊臨　返影淸光入竹林
籬畔菊香呼酒意　庭間蜻頡動詩心
黃雲滿野張翁憶　皓月懸枝李老斟
韻客吟遊佳節樂　蛩聲草露報商音

가을바람 오동잎은 우물가에 임하고
석양의 맑은 빛은 대숲에 들었다오
울타리 국화 향이 술 생각을 부르니
정원 사이 잠자리는 시심을 움직이네
누런 빛 들 가득하니 장한이 생각나고
달이 가지에 걸리니 이백을 헤아린다오
시인은 음유하며 아름다움을 즐기는데
귀뚜라미 풀 속에서 가을을 알린다네.

2019. 9

서리 속의 국화

霜菊

田園百卉落凋時　　汝守傲霜孤節枝
佳色雲收斑古逕　　暗香雨霽帶疎籬
梅蘭是友皆求潔　　松竹爲隣不取奇
隱逸花中君子比　　騷人幽賞盍吟詩

전원의 온갖 풀들 시들어 떨어질 때
서리를 능멸하고 외로이 절개 지키네
구름 걷히니 아름다운 빛 옛길에 아롱지고
비 개이니 그윽한 향 울타리를 둘렀다오
매화 난초 벗이라 깨끗함 구하길 다하고
송죽이 이웃이니 기이함 취하지 않는다
속세 떠난 꽃 중의 꽃 군자와 견주나니
소인들 감상하며 어찌 시 읊지 않겠는가.

2019. 11

田園百卉盡凋時 籬守儀霜
孤葉枝佳色雲收斑古邊
暗春雨霽帶諜籬梅榮
是友皆乘凍松竹為隣不取春
隨處去中天子此語人無豈當去乙吟詩
雲蔡吟己亥 小春秀泉河福立並書

霜菊(自吟) 2019년작

송궁문을 읽고

讀送窮文有感

未紓懷才怨鬼情　韓翁百世不磨名
利存衆後多癡態　責導人先少點聲
志氣矯奇從俠角　文思亢怪厭圓行
惟乖時局洞天始　知覺無疑窮學成

품은 재주 펴지 못해 궁함을 원망하며
한퇴지는 문장으로 이름을 남겼다오
이로움엔 뒤에 있어 어리석은 모습이요
책임질 일은 앞에 나서니 약지 못함이라
아름다운 뜻과 기백은 궁색해도 따르고
높고 기이한 글 사상은 원만함 싫어했네
오직 시류에 어긋나야 동천에 가깝거늘
의심 없이 배움에 힘써야 이뤄짐 알았네.

2019. 11

화로

爐

嚴冬寒雪擁爐家　　閑暇看書亂叫鴉
忽憶盧翁歌七椀　　扇風殘火默煎茶

눈 내리는 추운 겨울 화로를 끼고서
한가히 책 보는데 어지러운 까마귀 소리
홀연히 노동의 칠완가가 생각나서
잔 불씨 부채 바람으로 말없이 차 달이네.

2019. 12

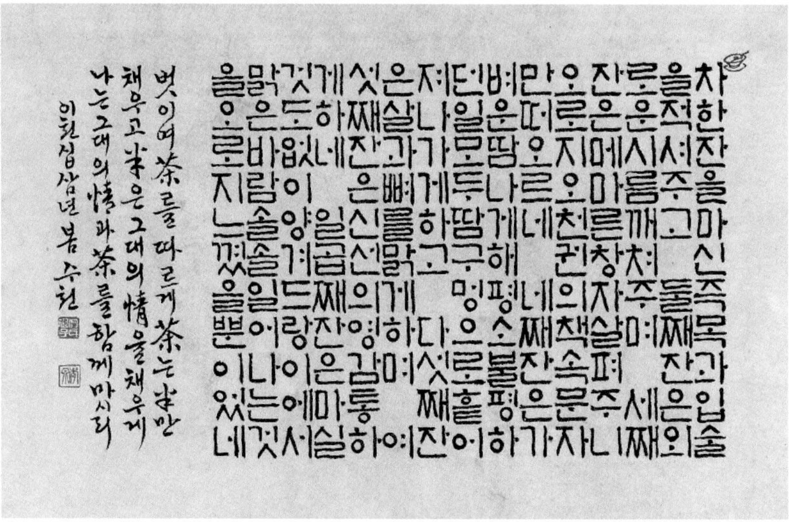

茶歌 中(盧仝) 2013년작

매화와 버들이 봄을 다투네

梅柳爭春吟

昨宵零雨自春開　　淸氣和風入古臺
垂柳水邊含碧眼　　寒梅牆外綻紅腮
南枝淑景歡情展　　北樹韶華逸興催
物色悠然新日日　　閒遊觴詠謫仙杯

지난밤 내린 비에 새봄이 열리니
온화한 바람이 누대에 들어오네
물가에 드리운 버들 푸른빛 머금고
담장 밖 겨울 매화 붉은 뺨 터트렸구나
맑은 경치 남쪽 가지에 기쁜 정 펼치니
예쁜 빛은 북쪽 나무 흥겨움 재촉한다오
사물은 여유 있게 날마다 새로워지고
한가하게 읊고 마시니 신선의 잔이로다.

2020. 3

삼월의 노래

吟宵

宵月韶光花影流　客稀傳疫寂街頭
千絲細柳垂依岸　數朶殘英發背邱
文士通宵吟詠盡　農人播種野畦休
去年秉燭暮春嗜　何日與朋傾盞酬

삼월 봄빛에 꽃 그림자 번지는데
전염병에 사람 드물어 거리가 적막하네
천 가닥 가는 버들은 언덕에 드리우고
늘어진 잔화는 구릉을 등지고 피었구나
문사는 밤을 새워 글 읽기를 다하고
농부는 파종하다 밭두둑에 쉬고 있네
지난해엔 밤늦도록 늦봄을 즐겼건만
어느 날 벗과 함께 잔 기울여 수작할까?

2020. 4

여름이 시작됨

立夏

日暖薰風碧遠霄　　鶯梭新綠亂千條
鄕村晝夜奔忙裏　　情景黃雲麥浪飄

따스한 훈풍에 먼 하늘 푸르고
앵무새 북이 되어 천 가지를 오가네
시골 마을 밤낮으로 분주히 바쁨 속에
누런 빛의 보리 물결 정겹게 일렁인다.

2020. 5

늦어진 학교 개학

學校開學

長期疫病恨嘆聲　苦待相逢師弟情
萬感交叉懷授業　遲然開學喜憂盈

오랜 기간 전염병에 한탄하는 소리
기다리다 상봉하니 사제의 정 있네
만감의 교차 속에 가르침을 따르며
지연된 개학에는 기쁨과 우려 가득.

2020. 5

눈꽃

六花

六花似絮散飛朝　銀飾孤村步步瑤
滿目詩料騷客樂　盍塵玉屑世皆昭

이른 아침 눈꽃이 솜처럼 흩날리니
외론 마을 은장식 걸음마다 아름답네
모든 것이 시의 재료 소객들은 즐겁고
옥가루로 티끌 덮어 온 세상 빛난다오.

2020. 11

야서구혼을 읽고

讀野鼠求婚有感

擬人野鼠求婚諷　　傲慢虛榮羡上瞻
分數商量安每事　　洪翁深意勸謙謙

두더지로 의인화해 혼인을 풍자했네
오만과 허영으로 높이 보며 부러워했지
분수를 헤아리면 매사에 편안하거늘
홍만종의 깊은 뜻 겸양을 권함이라오.

2021. 1

山不在高有仙則名水不在深有龍則靈斯是陋室惟
吾德馨苔痕上階綠草色入簾青談笑有鴻儒往來無
白丁可以調素琴閱金經無絲竹之亂耳無案牘之勞
形南陽諸葛廬西蜀子雲亭孔子云何陋之有

陋室銘(劉禹錫) 2012년작

꽃 피는 봄

花春

春花滿發皐　佳氣武陵桃
自適鳥聲樂　何時遊友遭

봄꽃이 만발한 언덕은
맑은 기운의 무릉도원이라
자적하니 새소리 즐거운데
언제 벗을 만나 노닐어 볼까.

2021. 3

素毫滿紙皐
清氣武陵桃
自意多情東
日時探友遭

봄꽃이 만발한 언덕은
맑은기운에
무릉도원이라 자적한
새오리 즐거
운데 언제 벗을 만나 노닐어 볼까

맑을素 河靑坡 筆

花春(自吟) 2023년작

사설을 읽고

讀師說有感

師者道傳存解愁　名文韓叟至今流
子孫擇敎未明見　小學大遺賢豈求

스승은 도를 전하고 근심 풀어 준다는
한유의 좋은 문장 지금까지 전해 온다
자손 가르침 택함에 앞을 살피지 못하면
적게 배우고 많이 잃으니 어찌 현명 구하리.

2021. 5

師道蓬傳存解惑　名文歸雙玉

欠涤子孫擇教来　鳴見小學大遺矣

豈家　讀師說書感　秀泉河瑾

讀師說有感(自吟) 2023년작

시골 마을

鄕村

樹海禽聲減鬱蒸　耕耘灌水畯休陵
田家辛苦孰量意　雨順風調祈老僧

숲속 새소리가 찌는 더위 덜어 주니
김매고 물 대던 농부 언덕에서 쉬고 있네
농가의 수고로움 그 뜻 누가 헤아릴까
비가 순하고 바람 고르길 노승은 빈다오.

2021. 6

삼복더위

庚炎

威勢庚炎天地充　　尋溪濯足爽心躬
天茄怍午幽墻外　　葵藿從陽訝野中
乾畓時時霑驟雨　　高眠夜夜困蒸風
畯愁何赤日流汗　　盛氣祝融豐稔通

삼복더위 위세가 천지에 가득하여
계곡 찾아 발 담그니 마음이 상쾌하네
나팔꽃은 한낮에 수줍어 담장 밖에 숨고
해바라기 태양을 들 가운데서 맞는다오
때때로 마른 논엔 소낙비가 적셔 주지만
밤마다 잠 들기는 더운 바람으로 힘들다
농부가 어찌 햇볕에 땀 흘림을 근심하랴
여름신의 성한 기운 풍년으로 통한다네.

2021. 7

가을밤 책을 읽다

秋夜讀書

靜夜金風叩戶窓　　挑燈騷客聽蕭瑽
叢蘆渚岸飛鴻點　　疎菊頭階唱蟀雙
經典奧文難覺世　　箴言壯意可流邦
良書耽讀盍心樂　　感興不堪傾酒缸

고요한 밤 가을바람이 창문을 두드리니
등불 돋운 시인은 쓸쓸한 소리 듣는다
갈대 숲 언덕 물가엔 기러기 점점이 날고
국화 핀 계단 앞에선 귀뚜라미 운다오
경전의 깊은 글 세인들 깨닫기 어려우나
잠언의 큰 뜻은 나라에 울림 가능하다네
좋은 글 탐독하니 어찌 즐겁지 않겠는가
감흥을 견디지 못해 술항아리 기울인다오.

2021. 9

화선지

紙

熟練基心情緒張　儒生宣紙戲毫當
墨痕收吸發書畫　筆蹟透過懷句章
匠氏功勞千歲業　蔡公研究萬年光
房中四友最柔質　感性作家多樣揚

연습을 으뜸으로 마음 생각 펼치고자
선비는 화선지에 붓을 잡고 휘두른다
흡수한 먹물 흔적 글과 그림 드러나고
붓 지나간 자취엔 시와 문장 품었다네
장인의 공로로 오랜 세월 이어지고
채륜의 연구는 만년 빛이 되었다오
문방사우 중 부드러운 질감이 으뜸이니
작가의 감성을 다양하게 드러낸다네.

2021. 11

먹

墨

磨出墨痕玄妙陳　　潤乾運用見儒珍
紙田舒憶地形競　　硯海盡營池物因
書士揮時强弱發　　畫工振處淡濃新
筆華造化氣生動　　永世遺香無變眞

갈아 나온 먹물로 현묘함을 풀어 내며
조윤으로 운용하는 훌륭한 선비 있네
종이에 생각을 지형 다투어 펼치고
벼루의 쓰임으로 먹물 인연 다한다오
글씨를 쓸 때는 강약으로 피어나고
그림 그린 곳에는 농담이 새로워라
붓끝의 조화로 기운이 생동하니
오래도록 남은 향기 진실로 변함없다네.

2021. 12

계묘년을 맞이하며

送寅迎卯有感

天道無窮又歲開　　多端往事想中回
兒婚慶賀安寧益　　萱戀情懷惻愴培
南極星光三禍去　　蓬萊雲影百祥來
兎含五福自家至　　魚躍深淵同樂催

천도는 다함이 없어 또 해가 시작되니
일 많던 지난날들 생각하며 돌아보네
아들 혼인 축하 속에 편안함은 더하고
엄마 그리움 품은 정은 슬픔을 돋운다
남극의 별빛으로 삼재가 물러가고
봉래산 구름 그림자 상서로움 부르니
새아기가 오복을 머금고 집안에 이르러
깊은 못에 고기 뛰듯 동락을 재촉한다네.

2023. 1

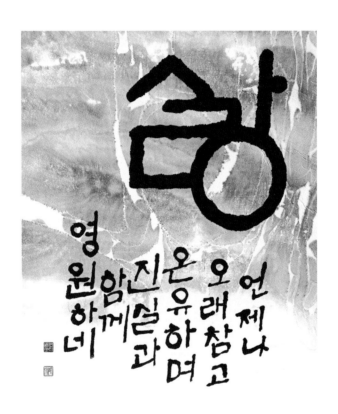

사랑 2006년작

눈 속 매화

雪裏寒梅

昨夜草堂紛玉屑　梅花雪裏半開時
清香風引滿凝樹　祥氣陽從旋散枝
素性自懷林士志　淡情元詠退翁詩
歲寒月下傳春信　疏影墻頭品格知

지난밤 초당에 옥설이 흩날리니
매화가 눈 속에서 반쯤 피었다네
바람으로 향기는 나무에 엉겨 가득하고
햇볕따라 기운은 가지에 흩어져 맴돈다
소박함은 절로 임포가 뜻을 품고
담박함을 으뜸으로 퇴계 선생 시 읊었지
세한의 달빛 아래 봄소식을 전해 오니
담 모퉁이 매화의 품격을 알겠다오.

2023. 1

梅花三更(이외수 글) 2007년작

새벽에 앉아

曉坐

夜雨哀花落　　遙望山色更
先人陰德慕　　曉坐敍懷情

지난밤 비에 떨어진 꽃 안타깝네
멀리 안개 낀 산 빛을 바라보니
돌아가신 부모님 그리운 마음
새벽에 홀로 앉아 품은 정 펼친다.

2023. 5

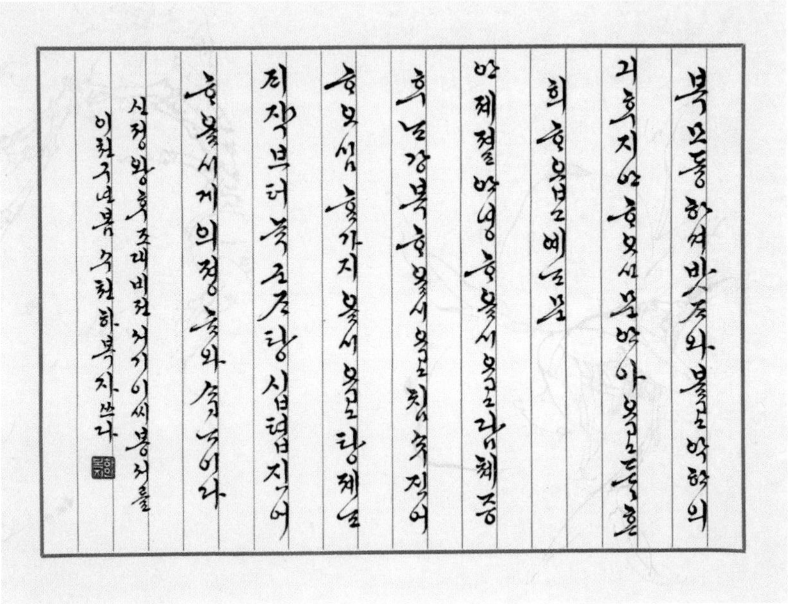

봉서(서기 이씨) 2009년작

춤추는 나비를 보며

觀蝶舞

花間蝶舞逐香遊　柳幕鶯爲客樂謳
物化莊周懷夢說　無分彼我有何愁

꽃 사이 춤추는 나비 향기 따라 노닐고
버들 장막 앵무새는 객을 위해 노래하네
장자 호접몽에 사물 변화 논함을 품으며
너와 나 분별 없으니 어찌 근심 있겠는가.

2023. 6

和 2007년작

전원의 초여름

初夏田園

鳥聲時聽息墩臺　　開暇基田蔬植栽
流水落花春又去　　麗山活畫客重來
輕風岸上搖楊柳　　斜日林間照蘚苔
別墅紅塵飛不到　　濃陰淸氣興心開

때때로 새소리 들으며 누대에서 쉬다가
틈을 내어 텃밭에 푸성귀 심어 가꾼다오
흐르는 물에 꽃 떨어지니 봄은 또 가고
고운 강산 그림 되니 나들이객 거듭 오네
가벼운 바람은 언덕 위의 버들을 흔들고
지는 해는 숲 사이의 이끼를 밝게 비춘다
농사짓는 이곳에 세상일 전해 오지 않으니
짙은 그늘 맑은 기운 마음이 흥겹다오.

2023. 6

양죽기를 읽고

讀養竹記有感

隅步殘看刑竹臺　雜生哀惜養封栽
今無本異用賢者　深奧樂天私考開

담 모퉁이 걷다가 훼손된 대숲 보고
잡풀에 뒤섞여 있음 애석하여 가꾸었다
본래 다름이 없는 현자 등용 말하며
백거이는 심오하게 품은 생각 펼쳤다오.

2023. 7

墨竹(自吟) 2022년작

새벽하늘 기러기

曉觀天雁

窮冬月影帶山河　　曉雁嗈嗈一行過
客欲信音鄉里寄　　遙天佇望感懷歌

섣달 달 그림자 산하를 두르니
새벽 기러기 옹옹대며 열 지어 지나네
나그네 소식을 고향 마을에 부치고자
먼 하늘 바라보며 지난 회포 읊조린다.
2024. 1

청파 시서화집, 두 번째

한시로 탄생한 소소한 일상
그 즐거움

2024년 4월 22일 초판 1쇄 발행

지은이 | 하복자
그린이 | 하복자

펴낸곳 | (주)이화문화출판사
  주소 | 서울시 종로구 인사동길 12 대일빌딩 310호
  전화 | 02 738 9880(대표전화)
       02 732 7091~3(구입문의)
homepage | www.makebook.net

ISBN 979-11-5547-580-5-03800
ⓒ 2024, 하복자

정 가 | 18,000원